MW01135223

loqueleo

© 1924, Gabriela Mistral
© De las ilustraciones: 2015, Elisa María Monsalve
© De esta edición:
2019, Vista Higher Learning, Inc.
500 Boylston Street, Suite 620.
Boston, MA 02116-3736
www.vistahigherlearning.com

ISBN: 978-1-68292-123-4
Primera edición: Santillana Chile, septiembre de 2015

Dirección de Arte:
José Crespo y Rosa Marín
Proyecto gráfico:
Marisol del Burgo, Rubén Chumillas y Julia Ortega

Ilustración de cubierta:
Elisa María Monsalve

Published in the United States of America.
1 2 3 4 5 6 7 8 9 GP 24 23 22 21 20 19

Rondas, poemas y jugarretas

Gabriela Mistral

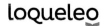

¿En dónde tejemos la ronda?

¿En dónde tejemos la ronda?
¿La haremos a orillas del mar?
El mar danzará con mil olas
haciendo una trenza de azahar.

¿La haremos al pie de los montes?
El monte nos va a contestar.
¡Será cual si todas quisiesen,
las piedras del mundo, cantar!

¿La haremos, mejor, en el bosque?
La voz y la voz va a trenzar,
y cantos de niños y de aves
se irán en el viento a besar.

¡Haremos la ronda infinita!
¡La iremos al bosque a trenzar,
la haremos al pie de los montes
y en todas las playas del mar!

Dame la mano

A Tasso de Silveira.

Dame la mano y danzaremos;
dame la mano y me amarás.
Como una sola flor seremos,
como una flor, y nada más...

El mismo verso cantaremos,
al mismo paso bailarás.
Como una espiga ondularemos,
como una espiga, y nada más.

8

Te llamas Rosa y yo Esperanza;
pero tu nombre olvidarás,
porque seremos una danza
en la colina, y nada más...

Tierra chilena

Danzamos en tierra chilena,
más bella que Lía y Raquel;
la tierra que amasa a los hombres
de labios y pecho sin hiel...

La tierra más verde de huertos,
la tierra más rubia de mies,
la tierra más roja de viñas,
¡qué dulce que roza los pies!

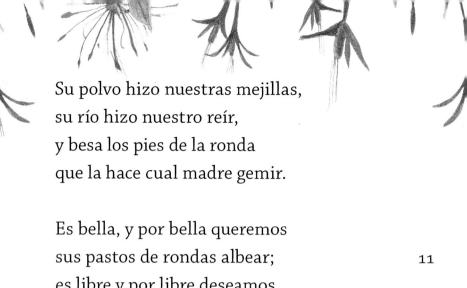

Su polvo hizo nuestras mejillas,
su río hizo nuestro reír,
y besa los pies de la ronda
que la hace cual madre gemir.

Es bella, y por bella queremos
sus pastos de rondas albear;
es libre y por libre deseamos
su rostro de cantos bañar...

Mañana abriremos sus rocas,
la haremos viñedo y pomar;
mañana alzaremos sus pueblos;
¡hoy solo queremos danzar!

Ronda del arcoíris

La mitad de la ronda
estaba y no está.
La ronda fue cortada
mitad a mitad.

Paren y esperen
a lo que ocurrirá.
¡La mitad de la rueda
se echó a volar!

¡Qué colores divinos
se vienen y se van!
¡Qué faldas en el viento
qué lindo revolar!

Está de cerro a cerro
baila que bailarás.
Será jugada o trueque,
O que no vuelva más.

Mirando hacia lo alto
todas ahora están,
una mitad llorando,
riendo otra mitad.

¡Ay, mitad de la rueda,
ay, bajad y bajad!
O nos lleváis a todas
si acaso no bajáis.

Ronda de los aromas

Albahaca del cielo
malva de olor,
salvia dedos azules,
anís desvariador.

Bailan atarantados
a la luna o al sol,
volando cabezuelas,
talles y color.

Las zamarrea el viento,
las abre el calor,
las palmotea el río,
las aviva el tambor.

Cuando es que las mandaron
a ser matas de olor,
todas dirían "¡sí!"
y gritarían "¡yo!".

La menta va al casorio
del brazo del cedrón
y atrapa la vainilla
al clavito de olor.

Bailemos a los locos
y locas del olor.
Cinco semanas, cinco,
les dura el esplendor.
¡y no mueren de muerte
que se mueren de amor!

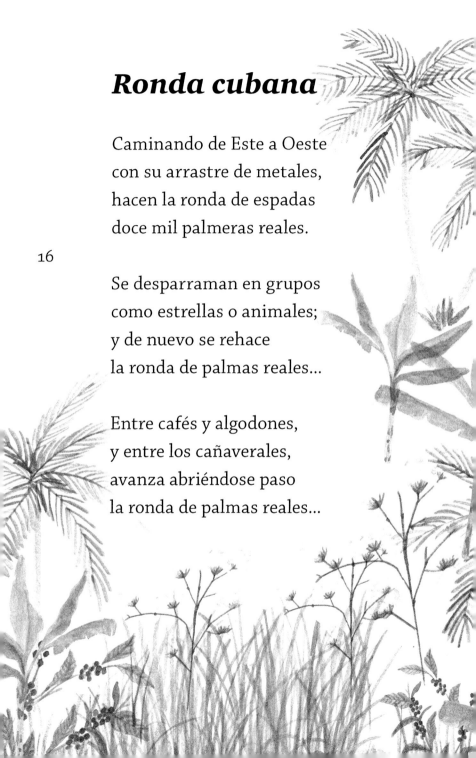

Ronda cubana

Caminando de Este a Oeste
con su arrastre de metales,
hacen la ronda de espadas
doce mil palmeras reales.

Se desparraman en grupos
como estrellas o animales;
y de nuevo se rehace
la ronda de palmas reales...

Entre cafés y algodones,
y entre los cañaverales,
avanza abriéndose paso
la ronda de palmas reales...

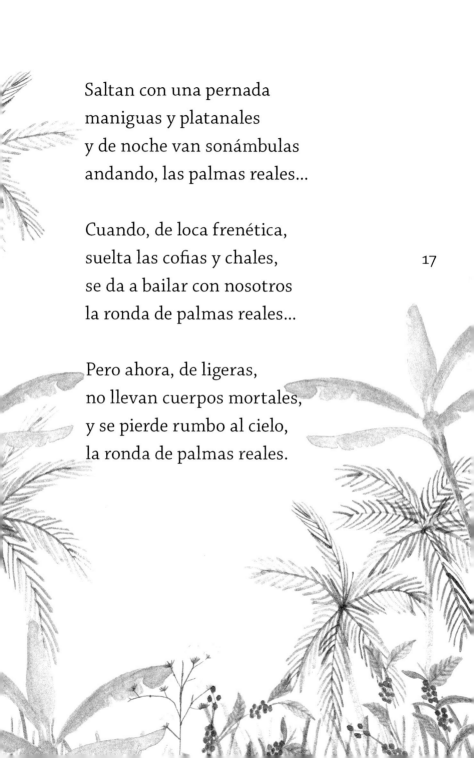

Saltan con una pernada
maniguas y platanales
y de noche van sonámbulas
andando, las palmas reales...

Cuando, de loca frenética,
suelta las cofias y chales,
se da a bailar con nosotros
la ronda de palmas reales...

Pero ahora, de ligeras,
no llevan cuerpos mortales,
y se pierde rumbo al cielo,
la ronda de palmas reales.

Todo es ronda

Los astros son rondas de niños,
jugando la tierra a espiar...
Los trigos son talles de niñas
jugando a ondular..., a ondular...

Los ríos son rondas de niños
jugando a encontrarse en el mar...
Las olas son rondas de niñas
jugando la Tierra a abrazar...

El aire

Esto que pasa y que se queda,
esto es el Aire, esto es el Aire,
y sin boca que tú le veas
te toma y besa, padre amante.
¡Ay, le rompemos sin romperle;
herido vuela sin quejarse,
y parece que a todos lleva
y a todos deja, por bueno, el Aire...

La piña

Allega y no tengas miedo
de la piña con espadas...
Por vivir en el plantío
su madre la crió armada...

Suena el cuchillo cortando
la amazona degollada
que pierde todo el poder
que el manojo de dagas.

En el plato va cayendo
todo el ruedo de su falda
falda de tafeta de oro,
cola de reina de Saba.

Cruje en tus dientes molida
la pobre reina mascada
y el jugo corre mis brazos
y la cuchilla de plata...

Carro del Cielo

Echa atrás la cara, hijo
y recibe las estrellas.
A la primera mirada,
todas te punzan y hielan,
y después el cielo mece
como cuna que balancean,
y tú te das perdidamente
como cosa que llevan y llevan...

Dios baja para tomarnos
en su vida polvareda;
cae en el cielo estrellado
como una cascada suelta.
Baja, baja en el Carro del Cielo;
va a llegar y nunca llega...

Él viene incesantemente
y a media marcha se refrena,
por amor y miedo de amor
de que nos rompe o que nos ciega.
Mientras viene somos felices
y lloramos cuando se aleja.

Y un día el carro no para,
ya desciende, ya se acerca,
y sientes que toca tu pecho
la rueda viva, la rueda fresca.
Entonces, sube sin miedo
de un solo salto a la rueda,
¡cantando y llorando del gozo
con que te toma y que te lleva!

La tierra

Niño indio, si estás cansado,
tú te acuestas sobre la Tierra,
y lo mismo si estás alegre,
hijo mío, juega con ella...

Se oyen cosas maravillosas
al tambor indio de la Tierra:
se oye el fuego que sube y baja
buscando el cielo, y no sosiega.
Rueda y rueda, se oyen los ríos
en cascadas que no se cuentan.
Se oyen mugir los animales;
se oye el hacha comer la selva.
Se oyen sonar telares indios.
Se oyen trillas, se oyen fiestas.

Donde el indio lo está llamando,
el tambor indio le contesta,
y tañe cerca y tañe lejos,
como el que huye y que regresa...

Todo lo toma, todo lo carga
el lomo santo de la Tierra:
lo que camina, lo que duerme,
lo que retoza y lo que pena;
y lleva vivos y lleva muertos
el tambor indio de la Tierra.

Cuando muera, no llores, hijo:
pecho a pecho ponte con ella,
y si sujetas los alientos
   como que todo o nada fueras,
      tú escucharás subir su brazo
         que me tenía y que me entrega,
            y la madre que estaba rota
               tú la verás volver entera.

Miedo

Yo no quiero que a mi niña
golondrina me la vuelvan;
se hunde volando en el Cielo
y no baja hasta mi estera;
en el alero hace el nido
y mis manos no la peinan.
Yo no quiero que a mi niña
golondrina me la vuelvan.

Yo no quiero que a mi niña
la vayan a hacer princesa.
Con zapatitos de oro
¿cómo juega en las praderas?
Y cuando llegue la noche
a mi lado no se acuesta...
Yo no quiero que a mi niña
la vayan a hacer princesa.

Y menos quiero que un día
me la vayan a hacer reina.
La subirían al trono
adonde mis pies no llegan.
Cuando viniese la noche
yo no podría mecerla...
¡Yo no quiero que a mi niña
me la vayan a hacer reina!

Piececitos

A doña Isaura Dinator.

Piececitos de niño,
azulosos de frío,
¡cómo os ven y no os cubren,
Dios mío!

¡Piececitos heridos
por los guijarros todos,
ultrajados de nieves
y lodos!

El hombre ciego ignora
que por donde pasáis,
una flor de luz viva
dejáis;

que allí donde ponéis
la plantita sangrante,
el nardo nace más
fragante.

Sed, puesto que marcháis
por los caminos rectos,
heroicos como sois
perfectos.

Piececitos de niño,
dos joyitas sufrientes,
¡cómo pasan sin veros
las gentes!

Doña Primavera

Doña Primavera
viste que es primor,
viste en limonero
y en naranjo en flor.

Lleva por sandalias
unas anchas hojas,
y por caravanas
unas fucsias rojas.

Salid a encontrarla
por esos caminos.
¡Va loca de soles
y loca de trinos!

Doña Primavera
de aliento fecundo,
se ríe de todas
las penas del mundo...

No cree al que le hable
de las vidas ruines.
¿Cómo va a toparlas
entre los jazmines?

¿Cómo va a encontrarlas
junto de las fuentes
de espejos dorados
y cantos ardientes?

De la tierra enferma
en las pardas grietas,
enciende rosales
de rojas piruetas.

Pone sus encajes,
prende sus verduras,
en la piedra triste
de las sepulturas...

Doña Primavera
de manos gloriosas,
haz que por la vida
derramemos rosas:

Rosas de alegría,
rosas de perdón,
rosas de cariño,
y de exultación.

Canción del maizal

I

El maizal canta en el viento
verde, verde de esperanza.
Ha crecido en treinta días:
su rumor es alabanza.

Llega, llega al horizonte,
sobre la meseta afable,
y en el viento ríe entero
con su risa innumerable.

II

El maizal gime en el viento
para trojes ya maduro;
se quemaron sus cabellos
y se abrió su estuche duro.

Y su pobre manto seco
se le llena de gemidos:
el maizal gime en el viento
con su manto desceñido.

III

Las mazorcas del maíz
a niñitas se parecen:
diez semanas en los tallos
bien prendidas se mecen.

Tienen un vellito de oro
como de recién nacido
y unas hojas maternales
que les celan el rocío.

Y debajo de la vaina,
como niños escondidos
con sus dos mil dientes de oro
ríen, ríen sin sentido...

Las mazorcas del maíz
a niñitas se parecen:
en las cañas maternales
bien prendidas que se mecen.

Él descansa en cada troje
con silencio de dormido;
va soñando, va soñando
un maizal recién nacido.

Canción de pescadoras

Niñita de pescadores
que con viento y olas puedes,
duerme pintada de conchas,
garabateada de redes.

Duerme encima de la duna
que te alza y que te crece,
oyendo la mar-nodriza
que a más loca mejor mece.

La red me llena la falda
y no me deja tenerte,
porque si rompo los nudos
será que rompo tu suerte...

Duérmete mejor que lo hacen
las que en la cuna se mecen,
la boca llena de sal
y el sueño lleno de peces.

Dos peces en las rodillas,
uno plateado en la frente,
y en el pecho, bate y bate,
otro pez incandescente...

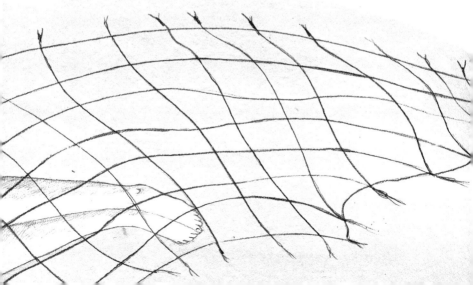

La pajita

Esta que era una niña de cera;
pero no era una niña de cera,
era una gavilla parada en la era.
Pero no era una gavilla
sino la flor tiesa de la maravilla.
Tampoco era la flor sino que era
un rayito de sol pegado a la vidriera.
No era un rayito de sol siquiera:
una pajita dentro de mis ojitos era.

¡Alléguense a mirar cómo he perdido entera,
en este lagrimón, mi fiesta verdadera!

El pavo real

Que sopló el viento y se llevó las nubes
y que en las nubes iba un pavo real,
que el pavo real era para mi mano
y que la mano se me va a secar,   41
y que la mano le di esta mañana
al rey que vino para desposar.

¡Ay que el cielo, ay que el viento, y la nube
que se van con el pavo real!

La rata

Una rata corrió a un venado
y los venados al jaguar,
y los jaguares a los búfalos,
y los búfalos a la mar...

¡Pillen, pillen a los que se van!
¡Pillen a la rata pillen al venado,
pillen a los búfalos y a la mar!

Miren que la rata de la delantera
se lleva en las patas lana de bordar,
y con la lana bordo mi vestido,
y con el vestido me voy a casar.

Suban y pasen la llanada,
corran sin aliento, sigan sin parar.
Vuelen por la novia, y por el cortejo,
y por la carroza y el velo nupcial.

El papagayo

El papagayo verde y amarillo,
el papagayo verde y azafrán,
me dijo "fea" con su habla gangosa
y con su pico que es de Satanás.

Yo no soy fea, que si fuese fea,
fea es mi madre parecida al sol,
fea la luz en que mira mi madre
y feo el viento en que pone su voz,
y fea el agua en que cae su cuerpo
y feo el mundo y el que lo crió...

El papagayo verde y amarillo,
el papagayo verde y tornasol,
me dijo "fea" porque no ha comido
y el pan con vino se lo llevo yo,
que ya me voy cansando de mirarlo
siempre colgado y siempre tornasol...

La manca

Que mi dedito lo cogió una almeja,
y que la almeja se cayó en la arena,
y que la arena se la tragó el mar.
Y que del mar la pescó un ballenero
y el ballenero llegó a Gibraltar;
y que en Gibraltar cantan pescadores:
"Novedad de tierra sacamos del mar,
novedad de un dedito de niña.
¡La que esté manca lo venga a buscar!".

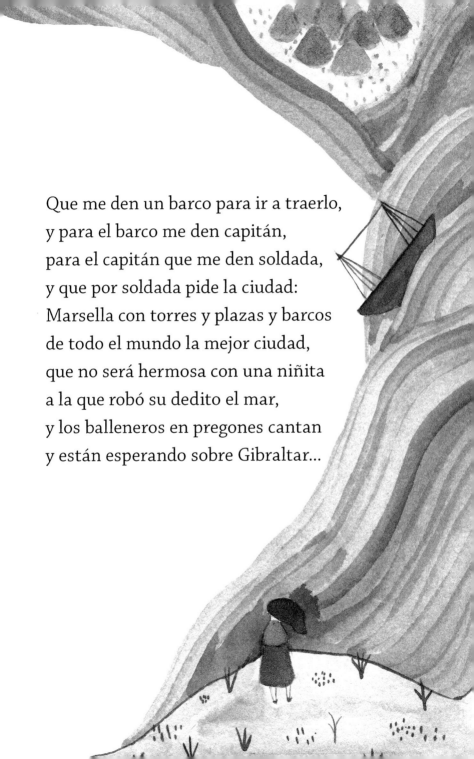

Que me den un barco para ir a traerlo,
y para el barco me den capitán,
para el capitán que me den soldada,
y que por soldada pide la ciudad:
Marsella con torres y plazas y barcos
de todo el mundo la mejor ciudad,
que no será hermosa con una niñita
a la que robó su dedito el mar,
y los balleneros en pregones cantan
y están esperando sobre Gibraltar…

Gabriela Mistral

Autora

Poeta y pedagoga chilena nacida en Vicuña, Chile, en 1889. Trabajó como profesora en distintos colegios del país y publicó sus primeros poemas y ensayos en distintas revistas y diarios locales. Publicó su primer poemario *Desolación* en 1922, y luego siguió con *Ternura* (1924), *Tala* (1938) y *Lagar* (1954). Recibió el premio Nobel de Literatura en 1945 y se convirtió en una de las figuras más importantes de la poesía hispanoamericana y mundial. Murió en enero de 1957.

Elisa María Monsalve

Ilustradora

Nació en Santiago de Chile en 1988. En 2011 egresó de Artes Plásticas con mención en Grabado de la Universidad de Chile. Complementó sus estudios con el Diplomado de Ilustración y Narración Gráfica y un curso de Ilustración Botánica, ambos de la Pontificia Universidad Católica. Desde 2013 se ha dedicado profesionalmente al arte, la ilustración y a la docencia artística. Ha expuesto su trabajo en Santiago y Buenos Aires y ha impartido cursos en torno al grabado y la ilustración. Actualmente es docente del Instituto Profesional Arcos.

Índice